청어詩人選 301

어느 날 쏟아진 글씨들

서옥(書屋) 김평배 시집

인생사와 산천의
낙서들과
강과 바다와 비바람들을
종이에 적어
이것이 '시'라고 나는 고집 부릴래요

도서출판 청어

청어詩人選 301

어느 날 쏟아진 글씨들

서옥(書屋) 김평배 시집

인생사와 산천의
낙서들과
강과 바다와 비바람들을
종이에 적어
이것이 '시'라고 나는 고집 부릴래요

시인의 말

세상의 얼굴을
'나는 시'라 한다.
나의
거울이오니

세월의 표정을
'나에 시'라 한다.
나의
고백이오니

흘러간 시간을
'나에 시'라 한다.
나의
추억이오니

우리의 대화를
'나는 시'라 한다.
나의
인연이오니

어느 날 쏟아진 글씨들

2부 세상 이야기

3부 가슴의 노래

4부 봉투 없는 편지

5부 계절의 마라톤

6부　　수필

민속의 맛과 멋

1부

어느 날 갑자기

순 억지

이것이 '시'라고 나는 우길래요
희망사항
나의 사랑 소망 믿음에
대한 느낌을
뒤죽박죽 써놓고

나는 나만의 것
이것은 나의 글

인생사와 산천의
낙서들과
강과 바다와 비바람들을
종이에 적어
이것이 '시'라고 나는 고집 부릴래요

아! 가을

낙엽의 가을아!
너는 왜 그래
봄과 여름이 두려워
도망치려 하나?

단풍의 가을아!
너는 왜 그래
첫사랑이 그리워서
붉어지려 하나?

결실의 가을아!
너는 왜 또
북풍한설 찬바람을
불어오려 하나?

풍요의 가을아!
너는 왜 또
빼앗긴 마음 가슴으로
쓸쓸하려 하나?

뒷그림자

오늘의 그림자
내일도 이 자리에
그대로 있겠지요

고삿*의 전봇대 아래서
고갤 떨구며
돌아서던 우리가

돌담길 산모퉁이에서
서로 아쉬워
속삭이던 우리의

추억의 그림자
머물던 이 자리에
그대로 남겠지요

*고삿 : 골목

턱을 괴고

두 눈을 깜박
잔 머리 빙글빙글
두 귀는 쫑긋
손과 발 움직여

묵념은 무슨 묵념

왼손은 왼턱
오른손 오른턱
두 손 양턱

괴고

너는
나는

생각은 무슨 생각이며
잡념은 무슨 잡념이냐

반달

애달픈 내 반쪽이네요
시월의 밤 반달은 호박꽃
사연이 그리운 모습

초저녁 반쪽 달은
석양 잡아둔 얼굴
나의 보고픔이고

한밤중의 반달은 단잠의 꿈
즐거움 채워줄
잠꼬대 몸부림 희망의 여백

나만의 그리움을
저장한 세상 미래
보고 싶은 마음이

의지한 신뢰의 모양
너와 나의 반달은 우리의
먼 훗날 만월이라네요

나의 봄

함박눈에 눈물
소복한 하얀 눈밭 길
다문다문 걸어간
얼음장 밑 흐르는
맑은 수정에 생명

하얀 털 뽀송한
벌거숭이 어린양
일 년 십이 개월
돌고 돌아온 육십 간지
파란 마음 파란 청양

이렇게 봄은 또
개나리 울타리 품
철없는 병아리처럼
노른자 가득한 초란을
잉태하는 꿈꾸며
선잠을 자고 있다

물

이파리에 대롱대며
새벽을 깨우는 이슬
한 방울에 젖은
삶의 벤치를 만들고

여울의 너울 춤사위에
눌려 밀리고 피한
강 언저리에
생활의 파도가 되고

바람에 쫓기는 구름
세월의 걸음마
멈추었다 간
시간의 경기를 하는 너

음과 양 천체의 하늘
조물주가 만들다
천지창조
생명의 근원된 너는

무한의 저쪽 건너편
우주의 끝없는 품
생존의 혈류
영원한 소통이로구나

방

사람들의 둥지들
천정은 하늘의 등불 밝히고
사면의 벽체 억 겹 우주가
천체가 창문을 관망하면
쉼터는 땀을 흘리고

마음이 고독한 천정
이웃이 그리운 벽체
통풍이 잠자는 창문
안식이 설계한 온돌
인생의 나그네 거실
대화의 의식주 주방
개인의 소유물 침실

가쁜 숨 몰아쉬는
인간의 동세 작은 영역
온 누리 생명 터 사방사우
세월의 항아리와 세상의 액자
미래의 자궁이다

쪽마루

이엉 외투 입은 초가삼간의
새벽을 배웅하고
아침 마중하는 곳

일곱 무지개의 고향
되는 우리의 미래

여명은 온 누리의 날개
바람은 하루의 이정표
별빛은 마음의 눈과 작품
햇볕은 미래의 품과 희망

흰 눈 들녘 맑은 태양
되는 환인의 미소

지푸라기 지붕 아래
솔 판자 꿈을 키우는
굴뚝 옆이 평생 잠자리다

비

한여름 태양에
지친 아침에 하품하는 구름
벤치 걸려 쉬는 바람과
요란을 떠는 뇌성번개와
계절의 비명소리 요란하면

빛의 소원 일회귀년
이정표 부서진 정오의 한 낮
바람의 길잡이 산골짜기
천둥이 순간 아우성을 친
호랑이 결혼식이 있고요

어둠에 곡식 일삭망월
흙 마당 덕석의 구멍에 숨고
솔바람 셋 바람 흔적들
순간의 심술바람과
여시의 친목계 열리는 날

열두 달 태음력 대보름
하늘 태운 한 여름 제 풀에 녹고
봄가을 겨울 하게 휴양 중
더위가 즐기던 가뭄 끝의
눈물이랍니다

상사화

그리움에 화가나
가슴 터진 핏물로 피는 꽃
민낯에 정성껏 화장한
가냘픈 알몸으로

슬픈 목 길게 빼어들고
수줍지도 못하여
붉다 못해 빨개진 얼굴

긴 혀 빼어 입에 물고
행여 오시나 기다리다
자수정 빛 촉수 핏빛 눈망울
초록색 목 뽑아 들고

새벽이슬 덧바른 빨간 입술
아침을 삼켜버린
붉은 혓바닥

말 못하는 기다림으로
지친 몸 핏빛 멍은 꽃이 되어
자줏빛 꽃 바다는
만개가 되어 간다

도전

씨앗은 소망이며
양식은 희망이며
표현은 바람이다

나의 머리로
나의 가슴에

너와 내가 모두
갖고 먹고 싶은
그렇고 그런 것이다

아침

저녁이 어제였으니 깨어보니 아침이요
낮 그리고 밤저녁
그래도 나는 다시
우리에게 모두 다
늘 밝아오는 밝고 고운 날이면 좋겠다

미소

늘- 머금고만 있을게요
그대가 나를
찾아오는 그날까지요

항상 간직하고 있을까요
당신이 나를
쳐다보는 그날까지요

항상 혼자만이 있을까요
누군가 나를
알아주는 그날까지요

늘- 난 웃으며 참을게요
모두가 나와
함께하는 그날까지요

가슴과 눈

눈과 가슴이 바뀌면 조용한 세상
보고

있답니다

가슴과 눈이 바뀌면 풍요한 인생
안고

본답니다

바람

내가 바람이면
비의 아침이 좋을까요
가슴의 열풍이 아닌
마음의 훈풍이
더더욱 좋겠지요

당신이 바람이면
폭풍의 점심이 좋을까요
우리의 희망이 깃든
소망의 미풍이
그래도 더 좋겠지요

우리가 바람이면
눈보라의 저녁이 좋을까요
너와 내가 같이하는
온기의 한 마음이
너무나도 좋겠지요

담장의 넝쿨장미

멍투성이의 새벽
하늘과 초승달 보며
S라인 줄기 욕심에
실바람 초청하여
365일 다이어트에도
사철 가시 솟은 통 허리

반가운 임의 아침
먼동이 붉은 꽃에 숨어
밤이슬 세안을 한 뒤
빨강 담 미용실에서
화장을 한 더욱 붉은 꽃

동태를 훔쳐보려
이파리 온 동네가 궁금해
분 내음 없는 얼굴로
낮과 밤 하루 온 종일
고개만 두리번댄다

둘도, 하나도 삶

심장은 여닫지를 마
고뇌에 있다는 걸
나는 알았으며
항상 여닫을 땐 아프거든요

처음부터 두드리지 마
과거에 있다는 걸
나는
지난 세월에서 보았거든요

당신 표정에서 보았거든요
그립다고 매달리지 마
두 눈 속에 있다는 걸
다 알고 있으니
화난다고 가슴 치지 마
마음의 속에 있다는 걸
한숨 소리로 감 잡았거든요

힘들다고 인생을 탓하지 마
태초였다는 걸
나는
알 것 같거든요

2부

세상 이야기

서리태(메주콩)

층층칸칸 모인 형제들
절구의 날벼락에
하늘 높은 날
지푸라기 동여
처마에서 그네를 타고

옹기에 모인 형제들
일광욕을 즐기려다
참숯 녀석과
간수의 물세례
집단 행패를 겪고

운명이 점지한 형제들
비비 비틀린 아침에
새롭게 태어나
간장과 된장으로
장독대 주인이 된다

가실

야!
가실이다 가실
야!
가실
배터지도록
풍요로운 가실이다
봄바람이 불 적부터
여름 태풍 불 적부터
지 달린 가실이다

야!
가실이다 가실
눈바람 치는 겨울에도
지 달린 가실이다
오색 단풍이 좋고
바람과 햇볕이 좋은

야!
가실이다 가실
가실 야!
정말 사랑하고 좋아하는
가실

나(ONS'S)

그믐달의 여명
정열과 가슴의 희망
나그네의 세월들

꿈이 몸부림하는 밤

김이 서린 이슬
떨어진 물의 흔적은
지평선의 강과 들

서로가 공존하는 자연

산비탈의 마실
돌고 도는 고샅길
모퉁이의 하루일정

산마루 가픈 언덕 길

명상의 걸음걸이
천상천하의 웃음들
떠돌이들의 그림자

나란 사람의 자화상

인생의 편지

두리번대면 손짓하는
달콤한 유혹
넘어간 자신의
공허가 춤추어대고

훑어보노라면
한두 발짝 걸음걸이
비틀거린 자국의
그림자들 단풍이 된

삶이란 소풍에
엉겁결에 주워 배운
서툰 지식 때문에
허술한 인생 숨소리

저 하늘에 펴지면
마음과 육체가
천상천하에
빠진 노아의 방주다

연산홍

알람의 아침
부끄러움 단장한 눈썹
새침한 모습
웃는 얼굴의 꽃들은

비바람 끓는 날
가버린 임 빨강 얼굴
고개 수줍어
인사하는 모습에

봄비에 옷 한 벌
푸른 몸뚱이 봄날에 강제동원
색동옷 챙긴
시끄러운 잔칫날

봄이 오면
아름다운 모임 해와 달빛의
파스텔화 수채화
전시회를 연다

사람의 길

비바람 부는 날
고통의 길을 가고
안개 자욱한 날
고행의 길을 가고
눈보라치는 날
고난의 길을 가고
좋아해도 싫어도 언제나 가야 하고
평생을 하루도
거르면 안 되고
눈곱자국 떼면
시작해야 하고
잉태할 적부터
예약되어 있는
일생동안 가야 하는 외로운 곳을
너도나도
걸어가고 뛰어가고
누구든지
육지로든 바다로든
하늘로든
이승과 저승에서도
가야만 할 험난하고 고단함이다

개펄

개펄은 바닷가 그곳에
항상 있어야 한다
지 고향이니까

개펄은 강가 그 자리에
항상 있어야 한다
자기 보금자리이니까

개펄은 뭍 이곳에서는
항상 손가락질 받는다
더러운 시궁창이니까

개펄은 밀물과 썰물과
항상 같이 있어야 한다
새 생명의 진원지이니까

개펄은 그곳 그 자리에
항상 꼭 있어야 한다
삶과 마음에 안식처이니까

그날이 오면

나 기다리던 날이 오면
강가에 앉아서
너울을 삼키며
혼자서 두런두런 넋두리
추억의 시간과 이야기해볼래요

나 생각하던 날이 오면
산마루에 앉아서
자연을 마시며
눈으로 먼 곳의 찬란한
아름다운 것들을 되새겨볼래요

나 소망하던 날이 오면
온돌방에 앉아서
내 마음의 조각들
가슴으로 하나 둘 꿰매어
미래의 무한대를 비상해볼래요

철거용 건축물

녹슨 울타리 속에
위용을 자랑하는 토박이
홀로 남은 곳에
찬바람 맴돌 뿐이었는데

복부인 다녀간 후
침투한 용역업체 잡부들
동창과 노을까지
난리법석 쪼개고 부수고

볼모로 잡힌 빈집
블록담장 잡초들 헌옷가지
중장비의 위용에
먼지마저 울음을 멈춘다

변침의 비(세월호의 침몰)

그날 무슨 일이 있었는지
무거운 하늘 회색 빛 땅덩어리에
괴로움에 몸부림친 비가 내리고
웃음소리인지 신음소리인지
아침부터 울어버린 그곳
쇠망치로 부숴버린
이내가슴 뜨거운 비를 누가 알까?

그날 무슨 일이 있었는지
두 귀 세워 시청하며 시뻘게진 눈에는
맹골수도에 선수는 죽어가는 토끼 귀처럼 떨고
책 읽는 소리인지 몸부림치는 소리인지
아침부터 울어버린 그곳
급선회하다 아작 난
이내 심장 붉은 비를 누가 알까?

그날 무슨 일이 있었는지
아무 말도 못하고 고개 숙인 머리에는
두 눈구멍에서 시퍼런 눈물만 흐르고
눈물인지 핏물인지
아침부터 울어버린 그곳

항로를 잃어버려 끊긴
이내 창자 더러운 비를 누가 알까?

그날 무슨 일이 있었는지
비바람 숨 막혀 쓰러져 버린 바다에는
미친 듯 돌아버린 시퍼런 파도만 개거품 내뿜고
돌아올 길인지 떠날 길인지
아침부터 울어버린 그곳
노아에 방주인줄 안착해버린
이내 한 통곡의 비를 누가 알까?

외로운 자신

아무리 생각을 해봐도
내 욕심인가 보다
누구보다도 더
그 무엇이든
다 이룰 것 같으니까?

스스로 생각을 해봐도
내 마음인가 보다
누구보다도 더
그 무엇이든
다 할 것 같으니까?

요리조리 생각을 해봐도
내 자청인가 보다
남들보다도 더
그 무엇이든
다 내 것만 같으니까?

생각의 진통

영감에 따라서
쫓아가 성취하고

욕심을 부리다 상처를 지우고 그리고 또 지우다

희망을 잉태하는
고달픈 세상들

새벽 나의 길

생활의 극성에
칙칙한 한길로 나서던 중
마주한 출근길에

25시 편의점 앞
거나한 주정뱅이들 전리품
지천으로 뒹굴고

원탁의 군상들은
애국심 충성심에 밤새우고
젓가락으로 열창

빵꾸 난 쓰레기봉지는
검은 도둑괭이에 넋이 나가
제삿날을 모르고

나의 작은 소망
깨끗하고 조용하고 바람 없는
길을 걷고 싶다

해찬솔

동네 어귀 언덕배기
분위기 좋은 날
햇볕들 키 재기 하던
친구들 도시로 가고

학교 운동장 한구석
달빛 고운 보름날
구름의 술래가 된
녀석들 진학을 하고

이웃 조용한 낮과 밤
비바람에 울던 날
비 가림 찾아 모이던
사람들 의지를 하던

찬란한 미래의 나래
고운 깃털 같은 날
한평생 일생동안
천년백년 푸르리라

울 엄마

꼬부랑 세월의
돌덩이 무게에
보행기인생을 사시는 분

마른 젖 빼앗긴
마음고생에
횡설수설 하시는 분

남쪽 파도의 섬
하늘의 별자리
꿰뚫고 날씨 외우시던 분

젓갈 통은 머리에
아들은 등거리에
끈기는 고래힘줄 같은 분

나 이제 하나 둘
철이 들어가나
꼬부랑깽깽이 보고 싶다

여백

무엇을 할 적
틈새를 만나면
너와 난
고마워하겠지요

무엇을 할 적
갑자기 나타나면
너와 난
좋아하겠지요

무엇을 할 적
불쑥 생겨나면
너와 난
반가워하겠지요

무엇을 할 적
불현듯 생각나면
너와 난
기뻐하겠지요

내 고향

키를 닮은 섬 내 고향은
파란 바다가 초병인
김가의 터전과 갯벌이 있다

치 섬과 딴 섬 여두 개
대로로 살던 곳
조상님 두 분의 별미 고동과 낙지
바닷물과 춤추는 어류와 해초
1969년경 풍랑에 입도
영면하신 조상님 두 분
후손들에게
부귀영화 있다 하시며

고향을 떠나는 날
한숨은 비바람에 찢어지고
고향을 떠나는 날
키를 닮은 해안선과 선창의 침묵
고향을 떠나는 날
만추는 목 메 고개 떨구고
고향을 떠나는 날
출렁거리는 이별가를 부른

추억의 섬 내 고향은
까투리 둥지를 품은 당산
동백 잎 피 토해 핀 꽃과 팽나무도 울고
바다에 미끄러진 여객선과
기적소리도 목이 탈 때
내가 떠난 내 고향
악수한 집게발 바닷게
대화의 혓바닥 날름대던 해산물

보고플 때 그리울 때도
만고풍파와 세월은
나만 나만을 기다리고 있다

3부

가슴의 노래

어둠이 무서운 밤

노을이 서녘에 지면
땅거미
내려와

남몰래 슬며시
전봇대
매달린
가로등 불빛에
나부낀
허상들
나대는 몸부림

한겨울
길거리
우수수수 잠이 든다

바람의 시간들

종이학처럼 나래와 목을
빼어들고
살펴보아도
보이지 않는

바람과 구름
한 점을 모아
불러보아도
오지 아니한 비바람

꿇고 앉아
머리를 조아려
기원하는
소망의 소원

타버린 야속함
세월의 흐름
미래를
꿈꾸는 인생의 세월길이다

생각의 목마들

일생 미래의 난
평생 동안의 난
동녘의 일출까지
일몰의 노을까지
땅거미의 줄로서
울타리를 쳐놓고

파란하늘 미리네 들판에
태양빛을 초지로 가꾸어
영원한 생각의 목마들을
방목하고 먹이고 키워서

내 꿈들이 가득한
네 생각의 목마들
내 만들어 타고서
내 푸른 목장에서
내 마음껏 뒹굴며
달리다 쉬고 싶다

청빈낙도

열 달 편히 지내 온
자궁 박차고 나올 적
목 터져라 울었다나
용처도 모르면서요

하루 이십사 시간을
몸과 마음 다 같이
행복했다나
즐거움도 모르면서요

한 해 일 년 사계절
추울 때나 더울 때나
좋아했다나
인생도 모르면서요

이 무엇과 모든 것들
기쁨과 슬픔을 느낄 때
주름살만 늘었다나
사는 법도 모르면서요

오늘

이 자리에 이대로
저 높은 곳을
보면 내가 보일까

앉아 숨죽여 저 위를
올려다보면 보일까

이 자리에 우뚝 서
세상만사를 보면
우리와 미래가 보일까

우리들 모두에 생각이
오늘 같으면 좋겠다

하루

정말 혼자만
소망의 하루
희망의 하루
생각의 하루

내일과 어제
그리고 하루
다시금 하루
하루에 하루

나는 혼자만
오늘의 하루
나만의 하루
우리의 내일

오늘과 나(용서를 빌며)

뒤척이는 한밤 중
미안함의 환영이
가슴을 때린다

일사의 일과는
망상들이 교차하며
뇌리를 때린다

습성과 행동거지
가족과 지인들에게
용서를 구해야 한다

과거와 회상들
나는 내가 왜 너를
통곡해야 한다

미련이 생긴다면
거짓 어두운 생활들
자문을 받아야 한다

꿈이 보인다면
미련을 털어버리고
희망을 그리자

여름나무 잎

태양이 타고 난 후
밤하늘 달과 별들의 벗

바람 불어대면 신이 나고
비 오면 즐거운
여름나무 잎 그늘 둥지에
아이들 뛰어 놀면
너울거리다 쳐다보면 창피해
비지땀을 흘리는
여름나무 잎 그늘 온돌방에
온가족과 이웃의
오수의 도우미 부채질에 하는
폭염의 더위에
익어서 푸르디푸른 나무의 잎사귀
더욱더 푸르게
이곳에 자리하고 꼭 있어야 한다
즐겁고 행복하고
시원하며 우리들의 삶의 충전소
인생의 지쳐버린
미래와 희망이 풍요로우니

가뭄이 거름이 된 후
태풍 장마에 우산이 된 너

층간소음

소리 소음 위로 아래로
소통은 싫어요

싫다 싫어
너도 나도

그려 그래
나도 너도

층층 각각 좌측우측으로
정말로 싫어요

나에 나의 오늘(아내에게)

나 혼자이고 싶다
나 부서져 산화할 때까지
소리를 지르고 싶다
대숲이야기 전설처럼

나 생각을 하고 싶다
내 뇌의 풍선이 터질 때까지
화해를 청하고 싶다
뒤집어버린 버선목처럼

나 가슴을 펴고 싶다
내 가슴 단추가 열릴 때까지
다 보여 주고 싶다
실오라기 없는 나신처럼

가로등

낮과 밤은 서로
세월을 노닐어도
제 자리를 사수하는
근위병들의 눈

하루에 일과를
끝낸 태양과 석양
칼퇴근 귀가 후
아쉬워 반짝이

한밤과 초승달
방앗간 애정행각
은하수 속삭임에
둥근 볼 붉어진

그믐달과 토끼
조각배 지나간 하늘
떡 방앗간 폐업에
흔들대는 희미한

동녘에 아침에
일출의 연락이 와도
묵언수도 중인
거리의 얼굴입니다

서당몰 쉼터

나 여기 짚신 벗고 팔베개 하고 누우면
갓 쓰고 도포 입고 대나무 담뱃대 길게 입에 문 훈장님
쇠골, 신촌, 와룡동, 용동, 청룡, 환인동
복둥이, 순둥이, 개구쟁이, 서당몰 아이들 모아놓고
회초리 손에 들고 천자문 읽어주시던
낭랑한 목소리 들리는 것 같다

나 여기 고무신 벗고 팔베개 하고 누우면
상투 산 상투바위 위에 앉아 시루 머리에 쓴 산신령님
둥근 옥구슬 한손에 쥐고 붉은 석양이 물든 서쪽
비선등, 진등, 메산이등, 뒷등, 큰미탈등, 등성이 바라보며
서당몰 개구쟁이들 장원급재
걱정에 잔주름 깊은 모습 보이는 것 같다

나 여기 물 장화 벗고 팔베개 하고 누우면
등 논보에서 바짓가랑이 걷어 올린 턱수염하얀 노인네
등논들, 아랫모리네들, 자갈들, 청룡머리들
논들에 물 대느라 쉴 참 없고
최서당골, 관답장이골, 비앙골, 용골, 논들 아낙네들
둠벙에 주저앉아 노오란 쪽박으로
물 퍼 올리는 모습 보이는 것 같다

나 여기 운동화 벗고 팔베개 하고 누우면
불태산 무젯등 상봉 무제 연기
쇠골, 신촌, 와룡동, 용동, 청룡, 환인동
휘감고 돌고 하늘에 올라
흰 구름 먹구름 타고 천둥 비바람 구름 몰고 와
사당몰 논들과 마당을
금방이라도 적셔 버릴 것 같다

나 여기 맨발로 뛰어와 코 골고 잠들면
쇠골 금 캐는 소리, 신촌 새집 짓는 소리,
와룡동 아기용 선잠 깨 우는 소리,
용동 용 제비 잡아먹고 용트림하는 소리,
청룡 용왕님이 청룡포 갈아입는 소리,
환인동 내 사랑아씨 왼손 약지에
금가락지 끼고 황소 달구지 가마 타고
덜커덩 덜커덩 딴 데로
시집 가는 소리 들리는 것 같다

그냥

그냥
이렇게 생각대로
해야지

그냥
이렇게 난 나대로
해야지

그냥
이렇게 가는대로
해야지

그냥
이렇게 마음대로
해야지

그냥
이렇게 되는대로
해야지

12월의 달력

달랑대는 낙엽 떨어지면
달랑 한 장
마지막 믿음의 달력
금년 한 해
달랑달랑
저물어 속절이 없고

살랑대는 흰 눈 내려오면
달랑 한 쪽
마지막 사랑의 달력
금년의 말미
살랑살랑
넘겨질 남김도 그렇게

찬바람 북풍한설 불어오면
달랑 한 자
마지막 희망의 달력
금년의 바람
바람처럼
흔적도 없이 사라진다

봄 편지

나는요 나의 봄을
그림으로 그리려다

봄 이야기
개나리 노란 꽃 당신
한 잎을 따서 돌담길
도랑물에 꽃배를 띄우면
저-어 먼 언덕에
파란 하늘 걸터앉아
구경하며 쉬고 있을 때
나는 아무도 몰래
흰 구름 먹구름
뭉게구름 잉크를 훔쳐다
양지배기 비탈에
새싹으로 붓을 만들어
우리의 봄을 편지로
내일의 푸르른
잔디밭에 촘촘히 써서
아무도 볼 수 없는
하늬바람 훈풍에 실어

보내고도 부족하면

직접 또 우송해드릴게요

모란

겨울의 끝자락
차가운 땅바닥
한파가 주춤거리면
서둘러 훌쩍 자란

새벽의 연인
수평선 너머 동녘의
일출보다 일찍
피는 꿈과 희망
하늘의 생명수
아침이슬 머금고
한 잎 두 잎
자란 고운 생명
붉은 노을이
곱게 단장을 해 준 얼굴
하얀 별빛이
깨끗이 씻어 준 몸

고통의 치유를
위하여 붉다 하얀 줄기
녹색의 기둥
사랑의 뿌리가 된다

나의 마음

나는 이렇게 쓰려 합니다
우리 이야기를

지나간 시간
고달파 가쁜 인생
과거를 나만이 망각해 버린
잃어버린 시간
홀로 서성이며 그땔
회상을 하면서

오늘도 내일도
사랑하는 당신과 나
우물가 전설
바가지 물과 버들잎 처녀
배려의 고운 시선
내 사랑 당신

우리 이야기를
나는 이렇게 적어 봅니다

작약

사랑하는 당신은
한 겨울 흰 눈 서리
북풍이 머뭇거릴 적에
초봄의 새 신부로
내게로 살며시 다가온
나만의 내게는
나의 진정한 사랑입니다

사랑하는 당신은
동토의 차가운 얼음 땅
뚫고 깨뜨린 뿌리의 강한
생명력 푸른 잎
아름다운 모람 봉우리
나만의 내게는
나의 희망의 빛

사랑하는 당신은

여름비 소식 기상정보 통

정겨운 분홍 빛 순결한 하얀 빛

가련한 푸른 몸

언제나 고운 아름다움

나만의 내게는

순고한 사랑입니다

비오는 겨울

겨울을 떠미는 비
혼란스러운 계절이
우산에
내려와 앉으면
대지의 하얀 눈은
눈물을 흘릴 때에

아침마중 나온 비
술래가 된 봄소식이
눈꽃 화음
골짜기 산등성이를
휘감고 돌고 돌며
잠 못 이루고

봄을 훔치려는 비
풍년의 가마솥이
장작불과
황토 온돌 가마니
따뜻한 보금자리는
육신을 데워줍니다

4부

봉투 없는 편지

대보름

강가의 이른 아침 춤추는 갈매기와
낡은 벤치 발가락 사이로
시냇물 흘러내려와
파란 강물 밀치와 밀어를 하면

정월의 보름달은 강줄기 조깅과
은하수와 별들 잠재우고
논병아리깃털에 숨어서 보다

일월의 보름날은 실안개 피어올라
머언 동의 기지개에 놀라
아침이 세수를 하면
파도의 하품에 묻혀서 온다

나! 작약

풍요의 근원이 나 되려 하오
동토를 뚫고나온
생명 뿌리의 힘처럼
고난과 시련 어려움에 부딪치고 부서져도

따뜻한 가슴이 나 되려 하오
폭설을 치우고나온
초봄의 전령 새싹처럼
추위와 고통에 시달리고 설움에 시달려도

영원의 마음이 나 되려 하오
가뭄에 빗줄기 되어
아침에 고운 쌍화차처럼
당신의 마음에 기둥 그 초석이 되려 하오

세월은

세월은 지나가나 보다
보면 보일 것 같아
기뻐하며 웃다가
좌우를 보면 답답해
힘들어도
희망가를 노래하고

세월은 움직이나 보다
비바람과 눈
달과 별 그리고 구름
산천은 춤을 추고

하루와 한해
달력이
술래잡기를 하고
세월은 평생 동안을
몰래 왔다가 가나 봅니다

우산

오늘 같은 날은
아주 오래된 우산 하나를
들고 대문도 없는
사립문 밖 거리를
따라가고 싶다

마음의 그곳
발걸음의 그곳

한줌의 바람 같은
나의 인생 마음에 우산들
하나둘 모아서
애시에 왔던
당초로 가고 싶다

조각상

생각이 있을지
만져나봐 볼까
바람이 있을지
안아나봐 볼까
생명이 있을지
손잡아나 볼까

왼손으로 패고 오른손으로 깎고
누가 왜 무슨 심술로 그래 쓸까
왼발로 차고서 오른발로 굴리고
이공에 세우고 저곳에 꽂아놓고
언제 왜 무슨 생각에 그래 쓸까
언덕에 앉히고 숲속에 잠재우고
망치로 까– 부숴서 정으로 파고
정말 왜 무엇 때문에 그래 쓸까
화로에 구워 놓고 인두로 지지고

뽀뽀나 해볼까
체온은 있는지
윙크나 해볼까
동요는 있는지
대화나 해볼까
언어가 있는지

형광등

혼자 지킨 사무실
외부가 더 밝다
외로움에 힘이 없나 봐요

혼자 즐길 오수가
꿈틀거린다
천정에서 졸고 있나 봐요

혼자 잠든 아랫목
전등의 자장가
사방에 어둠만 사나 봐요

나그네 비

아침이 초청한 안타까운
자연의 풍경
하염없이 내리는 그리움에

바람 타고 살며시 오는
설움의 여신
하루 온종일 흘린 눈물

구름의 속삭임 끊어져
햇빛을 따라
떠나버린 야속한 이별

우리 이야기 전하고 싶은
하늘의 편지
귓전을 후비며 달려오는

자연의 소리 고맙고 고운
나의 무지개
아름다운 손님입니다

가을마중

물감 팔레트에 빠져버린 날씨
그리려고 색칠한
자연의 현실

하늘이 구름
타고 내려와 마중한
휘날리는 자태에 침 흘리는 입술
그리고 또한
늙어빠진 시인들 낙서장과 연필
이야기 전도사와
강산의 전설

단풍의 계절
풍경화 고집쟁이
길거리 화가 그림을 기다립니다

호박꽃

초가지붕 위는 생활의 터
꽃대꽃술 모여
소원을 기원하며 천체를 구경 다니다
구름의 요람에
삼삼오오 노니는 새벽의 여인들께서

보는 이 없는 어느 사이
사랑의 결실
아낙네 뒤태처럼 덜퍽지게 익고 익어
이엉 한 자락
깔고 가마솥에서 모락대는 꿈입니다

일출

갈망에서 깨어난 아침
지평선의 길잡이
수평선 가마로 오는
내 색시 같은 얼굴

간절함에 나타난 아침
폭포수 머리 위
산골짜기 바람에 실린
내 황금의 열쇠처럼

황홀을 간직한 아침
바다의 춤바람
파도와 여흥을 즐기는
새해의 초상입니다

가을에 쓰는 편지

가을이란 풍경을 나만의 사랑에게
파란 하늘
뭉게구름으로 쓰고

가을이란 색깔을 나만의 사랑에게
푸른 잎
단풍잎으로 적어

가을이란 그림을 나만의 사랑에게
강과 바다를
수채화로 그려 넣어

가을이란 계절을 나만의 사랑에게
마음 속
적어 그려 보내니

나 하나에 사랑 나만의 사랑이여
이 가을 모두
직접 받아 가시옵소서

국화꽃

몹시 춥고 추운 바람보다
몸서리 세월을 보내야 피는

푸른 기운 푸르른 새싹보다
약속의 세월을 보내야

지쳐버린 무더위 태풍보다
아픔의 세월을 참고

결실의 요리꾼 구월보다
풍요의 세월과

그 봄부터 그 가을을 찾아
석 달 열흘을 넘어야

인내와 고통을 먹어야 피는
어여쁜 임의 향기랍니다

새벽 눈

나는야 나는
나에 노래가 있는
하얀 눈꽃이 좋다

나는야 나는
나에 가슴이 있는
아침의 눈발이 좋다

나는야 나는
나에 발자국이 있는
아침의 눈길이 좋다

나는야 나는
나에 세상이 있는
하얀 눈밭이 좋다

파도

날 찾아 왔다기에
걸어가 본 마을 앞
강물에 춤바람이 나니

날 보려 왔다기에
뛰어가 본 부두 앞
바다의 흥이었네

강과 바다에 즐거움
파장의 물결이
흥겨워 요동을 치고

방망이질 하는 심장에서
붉은 노을이 지면
또 내일이 온다

새싹

봄여름 가을이 디자인 한
읽어버린 잎새
줄팬티 낙엽을 입고
흰 눈에 깔려
말라버린 몸뚱이와

척박한 대지 돌 틈 겨울나무
앙상한 가지
노출된 팔다리 뼈
북풍에 숨져
낙하한 갈비조각에

겨우내 숨겨둔 조그만 소망
이야기의 꿈
낮과 밤의 기다림
봉긋한 희망
가슴에서 자란다

칠월칠석

하루 종일 오작교 아래
교각이 된 까막까치
견우와 직녀 재회의 눈물
은하수 설화인데요

녹봉 나누는 절일제
견우와 직녀성 제사 올리고
장원급제 사모관대 능소화
궁중초대에 참석해

봉숭아화채 호박부꾸미
증편 밀국수 전병 은하수로 빚어
장만한 햇 음식 한가득 차린
잔치로 재회하고

이웃 중국의 걸교절
오색실 일곱 바늘이 꿰어 오복 기원
어여쁜 여린 여인들의 소망
밸런타인 소녀 절이고

섬나라 도쿄 미래 소원
축포 대나무 막대기에 메달은 소원
처마 끝에 치맛자락은 울긋불긋
축제와 기원이랍니다

홍시

봄부터 피어난 푸른 잎 사이에
수줍게 숨어 태풍을
이겨낸 노란 감 똥 고운 너는

가을이 오면
한 개 두 개
나에 입가심 연인
창가 새 모셔놓은
사랑의 표상

익으면 빨강
예뻐 맛있어
한입 깨물어 물면
나에 두 입술에
덥석 입맞춤

도톰한 볼딱지
내 사랑 여인
새침한 검은 씨알
내 현상의 화상
시린 눈망울

배곯은 겨울 논과 밭두렁
하얗게 추운 겨울 날
흔쾌히 까치의 삼시 세 끼가 된다

가을의 눈

바람이 불지 않고도
오면 좋으련만

진눈깨비도 좋으련만
구름이 없는 날에도
웃으면 더더욱 좋으련만
표정 없는 얼굴로도

이렇게 저렇게 흘려
서리설리 굴려 가면

늦가을도 늙어지고
하염없이 내리고
그래도 늦가을이 오면
내 눈 앞에서

펑펑 내리면
이 가슴 펑 뚫리겠지

석양

삼배적삼 차려 입고
뽐낸 하늘에 걷는 구름에
무지개색깔 꿈들이

시간이 세월의 파도에 허우적거리고

아물은 일과 잠자는
채취와 걸음이의 자국은
수줍은 자화상이고요

산천초목 천상천하
따뜻한 색깔 물든 세상
도배한 노을의 빛에

뱃사공 노질에 걸린 서쪽 하늘의 태양

뉘엿뉘엿 취한 하루가
넋이 빠져 바다에 뛰어든
한 폭의 산수화입니다

장산(해운대)의 품

산비탈과 어깨동무
온천천 소풍 온 수영강
실개천 이야기
함께 사는 장산 아래
내 생활의 터전이고
햇볕이 그네를 타고
솔개바람 뱃놀이 하는
달맞이고개
비바람 구름이 쉬어가는
내 꿈의 쉼터이어라

왁자지껄 찾아가면
반가워 활짝 핀 동백꽃
누리마루 동백섬
아름다워 고와라 고운
내 행복의 삶이며
낮과 땅거미의 일터
센텀시티 와 마린시티
어둠의 보금자리
새로운 내일이 사는
내 모두의 요람이어라

눈의 소망

한 겨울 나뭇가지에
살며시 내려와 앉은
함박눈
바람과 구름 친구들
그리워 앉아있나 봅니다

메마른 겨울가지에
모여 앉은 눈송이
하얀 눈
헤어진 부모 형제들
보고파 앉아있나 봅니다

세찬바람 모진가지에
걸터앉은 눈뭉치
눈꽃들
두메산골 옛 고향
생각나 앉아있나 봅니다

하얀 눈 길가 기대어
누워 있는 눈보라
고향 하늘로 가고파
지쳐서 누워있나 봅니다

서글픔

어떻게 무엇이 좋은지
나도 몰라
혹시나

어떻게 말해야 되는지
나도 몰라
참

어떻게 바라봐야 하는지
나도 몰라
왜

어떻게 생각해야 하는지
나도 몰라
글쎄

어떻게 물어봐야 하는지
나도 몰라
혹시

내가 누군지도 모르는 나
나도 지금
서글프다

2월의 눈

끝자락 황혼의 겨울
내리는 하얀 눈
휘날리는 고운자태
노을의 설경을 보며
한겨울 북풍한설
감춘 대문 밖

신바람 난 강아지
눈밭 생각에
2월에 눈길에 네 발로
쓴 겨울 이야기

그믐달 빛 부서진 봄
꽃으로 승화한 눈
화려한 저녁 무도회는
따스한 봄바람에
넘어간 유혹의
봄의 전령이 된다

봄비 내리는 날

무척이나 좋은 날 비구름 없이도
봄비는 잘도 내려와
부르지도 않았건만
소리죽여 다가와
새싹들 단장해주며
예쁘게 잘 자라라 입맞춤하네요

생각하기 좋은 날 먹구름 없이도
봄비는 잘도 내려와
소리 없이 다가와
남풍에 생명이 있다며
논밭 파종 결실 준비 귀띔해주네요

놀고먹기 좋은 날 청첩이 없이도
봄비는 찾아와
초가삼간 지붕에 내려와
황토방 구들 꿈속의
소원성취 하라며 소곤거리네요

5부

계절의 마라톤

내 다솜 그리고 티나 다소니(순우리말 시)

한 올의 길 가온
꽃 가람 흐르고 흘러
윤슬은 아라가 되고
해류뭄 해리 내리면
어라연 히프제 화살처럼
아련 나래 타고 마루 나르샤
해찬솔과 우레에 밀어처럼
새하마노의 그린네 다솜
은 가람에게 전하여 주시고
내 다솜 티나 다소니
늘 해랑처럼 흐노니 나의 단미
여우비 오는 날이면
햇무리 라온 아리아리 온 누리 감싸 듯
나는 시나브로 초아가 되고
늘 눈 바래기로 다소니
이든 내 차분나래 당신께서는
내 애오라지도 소아 소담하시여
걸 때 나비잠 맛 조이시는 모꼬지 날
내게는 하람
시나브로 솔마루 키클 다솜 도닐다 도담
볼우물 흘림목 온새미로의 너와 나

라온제나 아라 아라아가 되어

토리 튼살처럼 자라서

흰 여울과 개량처럼 예그리나

가람슬기의 가람과

푸른들 피라 자온들 찬 빛 가온에서

다솜이 채운 꽃피어 내 안다미로 하옵소서

내 사랑 그리고 늘 예쁜 사람(한글 번역)

우주의 길 한 가운데
꽃의 강 흐르고 흘러
달빛의 잔물결은 바다가 되고
가뭄에 빗줄기 시원하게 내리면
치마 입고 활 쏘는 여인네들 화살처럼
예쁜 날개 타고 하늘로 날아올라
한낮의 푸른 소나무와 천등에 속삭임처럼
동서남북의 연인들 애틋한 사랑
은은히 흐르는 강물에게 전하여 주시고
내 사랑 변치 않고 예쁜 사람
항상 태양처럼 그립고 사랑스런 나의 여인
해 뜨는 날 비오는 날이면
햇무리 즐거워 힘차게 온 세상을 감싸듯
나는 이 몸을 태워 세상의 빛이 되고
항상 눈웃음으로 마중하는 사람
착한 내 선녀와 같은 당신께서는
내 부족함도 모두 아름다이 여기시어
두 팔 벌려 잠자는 갓난이처럼 나를 반기시는 잔칫날
내게는 하늘이 점지한 사람
하늘만큼 높고 큰 사랑 살며시 조금씩 쌓아
보조개와 애교 넘친 목소리의 너와 나

언제나 즐거운 바다의 요정이 되어
야무지고 옹골찬 새싹처럼 자라서
맑은 물과 개울처럼 사랑하는 우리
영원히 흐르는 슬기로운 강물과
풍요로운 꽃 가득히 피는 들판 한 가운데서
사랑이 만발한 꽃피어 그 향기 넘치도록 하옵소서

철거촌의 비

개소리 짖어대는 중장비에
희망가 빼앗긴 슬레이트 지붕과
부서진 담장 황폐해 울면서
질러대는 원망의 소리

부려진 기둥에 강타당한
유리창과 문짝의 깨진 대가리
더럽고 흉측 한 폐기물들
남몰래 훔쳐보노라면

앙상한 굴삭기에 뒤집힌
한숨의 마당구석 길 잃은 신발
개발로 짓이긴 화단의 꽃들
순환골재도 왕따시킨다

강제철거 험한 꼴 당한
꼬부랑 할머니 댁 귀신이 된
구들장과 부엌의 아궁이는
지 몰골에 자빠지고

선달그믐날 북풍한설에
서글픈 바람과 구름의 눈물
밤중에 발가벗겨 쫓겨난
어여쁜 살림살이와

졸부들에게 겁탈당해
뜯어진 옷가지 처량한 조각
쓰레기더미 위에 흩어져
통곡하며 울고 있다

밤하늘의 별을 보며

마당 가운데 멍석 펴고 밥숟갈 뜨며
깨지고 빛바랜 사기 밥그릇 틈 사이로
한 줌 바람 지나갈 때 쳐다본 하늘엔
별들이 한 사발 밥풀때기로 보이고

서로 저마다 빛으로 이력을 알리면
견우와 직녀의 애틋한 사랑 이야기
별들의 모임은 장마의 슬픈 눈물이 되고

밤하늘 맑은 날 영롱한 불빛 훔쳐다
뻥튀기 열기에 오곡을 튀겨놓은 공간
은하수 깊은 계곡 까마득한 저쪽에서

기다리고 기다리는 소원은

구천보다 훨씬 더 머나먼 곳에서도
샛별을 따라서 별똥별 유성 한줄기가
전세기를 빌려 타고 쏟아져 달려오던

어리고 어린 소싯적의 마음

하의도의 낙도 조그만 치섬
나의 추억 고향 생각에 잠겨
내 마음 나 혼자서 독백을 하다

밤하늘의 저 달과 저 별 누구에게
찢어지게 가난한 그 시절 이야기 건넬까
시름 하며 뒤척이다 그루잠을 잔다

툇마루

일출의 초가삼간 툇마루
어제를 배웅한 단잠의
새벽이 아침을 맞이하고 반기면

동녘의 여명이
햇살의 따뜻한 나래를 펴고
하늘의 별빛이
내 눈으로 살짝 내려와

찬란한 한낮을
창조하여 살찌워 주고
바람은 구름의
품속에서 하루를 즐기며

저녁을 펼치는 붉은 노을은
환인의 미소
석양의 일곱 빛깔 무지개는
우리의 미래

일몰의 초가삼간 툇마루
내일을 모락모락 피우는
굴뚝 옆에 앉아서 잠을 청한다

*환인(桓因) : 천상을 다스리는 사람

등굣길

노란 책가방 병아리의 꿈
파란 책가방 내일의 희망
빨간 책가방 따뜻한 마음

얼룩덜룩 과제물 보따리와
신주머니는 우리들의 미래

오늘도 아침이면
친구들과 손잡고
책가방 둘러메고
학교로 달음박질

교문에서 나를 기다리시던
담임선생님께서는
달님같이 웃으시며
어서 와라 손짓하며 반기고

교정에서 나를 지켜보신
교장선생님께서는
해님처럼 따뜻하게
미소 지며 안아주시네

딸랑딸랑 폴짝폴짝
비가 와도 눈이 와도
매일매일 친구와 함께
언제나 배움을 찾아가는 길

코스모스

계절을 돌고 돌아
비바람 태풍이 놀러온
억새의 풀꽃 긴 목보다
크고 싶은 욕심쟁이
내 사랑 팔등신 수많은 여인들이

풀섶들의 밀어에
수줍어 붉어진 얼굴
황토 고갯마루에
흰 분홍 자주색
화려한 모임의 여인들
예쁜 것도 부족해
실개천 목욕하러 온
하늘과 노니는
한적한 시골의 개울가

하늘하늘 허리춤
너울너울 어깨춤
햇빛 타고 찾아온 은하수
귀천이 싫어 주저앉은
아름다워 시린 군무 향연입니다

일몰

석양의 옷 구름
바람에
날리어
바다에 빠지면

곱고 고마운
오늘 하루는

동그랗게 익어빠진
태양과
내일의
달콤함에 빠진다

태풍

한여름 무더위에 놀란
비바람들
뜀박질을 하다

거칠어진 땀방울들
하루 종일
만방에 쏟아대며

울고불고 난리법석
온 동네에
행패를 부리다

이리저리 뒹굴뒹굴
삼박사 일간
진탕 놀다 자기설움에 운다

소금

갯바람과 산바람
세월에
흰머리
하나둘씩 나타나면

뭉게구름 뜬구름
머무는
바닷가
염전에
내리쬐는 햇빛에

하얀 황금 젓줄
생명의
양념은
하얗게 익어간다

바람의 마음

세상의 꿈이 가득한 벤치
시간 위 미소를 앉아
바라다 본 앞산 뒤뜰과

마음의 두뇌 가슴
새하얀 초심 식어버려
모습 탈바꿈할까 무서운

세속의 등불 가득한 인간
천상 아래서 숨쉬는
그늘의 여울 전봇대 줄에

예전의 고향 가득한 추억
어제의 오늘과 내일이
매달린 세월의 끈과 같다

벚꽃이 가는 길

생명들이 새근대며
곤히 자는 봄에
동녘이 수줍음을 타면

동창을 찾아온 임은
수평선 바라보면서
하얀 분칠을 하고

거리의 이야기와 꿈들
여느 숲에 숨어서
꽃 잔치를 벌이고

하얀 분칠을 한 얼굴
소리 없이 웃으며
땀방울 흘러내릴 때

화장이 지워진 입술
새 발톱에 버찌로
산과 들에서 노래를 한다

벽시계

우리들 모두 다
벽시계 인생

한 곳에 자리 잡고
달음질치면 하루

쉬지 아니하고
달음질치면 한 달

종종걸음 싫어
달음질치면 사계절

졸린 눈 비비며
달음질치면 한 해

가쁜 숨 몰아대며
달음질치는 인생

태어나서 평생 동안
달음질치다 만다

가슴

그냥 숨을 한번
크게 쉬어 보자
가슴이 커지면
꿈과 미래를
가득이 채워보게요

그냥 숨을 한번
들여 마셔 보자
가슴이 넓어지면
삶과 행복을
마음껏 만들어보게요

그냥 숨을 한번
내어 뿜어 보자
가슴이 시원해지면
희망과 기쁨을
넘치도록 즐겨보게요

점심

아침에
수저 들고 먹고
그리고 또
수저를 들고 먹으니

점심

그리고
내일도 아침 먹고
그리고 또
수저를 들고 먹으면

점심

그리고
매일매일 먹으면
그날그날

점심

그리고 그래서
아직은
꼭 먹어야 산다

강과 숭어

밤이 시린 하늘아래
여명에 꿈결 너울의 강에서

아침마당 동녘에
알몸이 수줍어
자맥질로 치장하며
하루를 시작하며

달의 언어와
별들의 글씨들의 강에서

계절과 세월의 보금자리
잡초의 향 기름
꽃잎 파리들 젖같이
아침이슬처럼 모여

지겹도록 같이
사는 바람과 구름의 강에서

다이빙 실력에
은빛 비늘 팔등신
맵시자랑 분주하게 살아간다

배신(세월호의 구조)

네가 대답을 하는지

너 그리고 아무나
날 불러 봐라
네가 대답을 하는지요

거기 그곳
여기 이곳
무슨 일인지
아무도 모르는 곳
바람과 파도만 서글피 울고
뜬금없는 저승사자 출석부
무조건 여쭤보니
옥황상제님
하느님
부처님도
모르신다는데

너 그리고 아무나
날 불러 봐라
네가 대답을 하는지요

6부

수필

민속의 맛과 멋

민속의 맛과 멋

날짜가 경도에 따라 변하므로 양력이 같고 음력은 달라지는 1년을 12달 중 월초를 12절기와 월 중을 12중기로 나누어 보통 24절기라 하는 민속을 찾아서 대략 15일 간격의 절기 365일 해와 삶의 잔치를 벌이는 민족고유시령의 귀동냥을 따라 마실 한번 돌아볼까 한다.

첫 번째 계절

북풍한설이 '마파람에 게눈 감추듯이'의 속담처럼 얼음장 밑에 숨어 우는 "계절의 시작, 봄"

'입춘(立春)에 오줌독 깨진다'는 '이십사절기의 첫째'이다. 대구 · 물메기 철이기도 한 봄은, 산갓, 당귀싹, 미나리싹, 무시싹, 파 등 다섯 가지 이상의 매운맛 '오신반, 세생채, 입춘채'로 액막이를 할 수 있을 뿐만 아니라 다이어트에도 좋다. 우리 민속 조미료 간장은 정월대보름에서 입춘까지 사이 말날 담그기 해야 좋으며, 논밭두렁을 태워 해충 예방을 하였다.

또한, 영조 때 지극 지극한 당파싸움 때문에 첫 선을 보인 다섯 가지 매운 맛에 청포묵과 우둔살을 추가한 '탕평

채'로 입가심을 하고, 각자가 맡은 바에 따라 가장 양수가 좋은 숫자 9의 의미에 따라 '아홉 처리'와 수많은 이들에게 도움이 되는 '적선공덕행'을 하고나니, 아지랑이 신바람이나 버선코를 밟는 '양력 2월 4일경 절기'다.

'우수(雨水)'에는 '대동강 물이 풀린다'고 하며 눈이 녹아서 비가 되는 음력 1월 15일 대보름과 겹칠 때가 있으며 보리, 조, 수수, 콩, 찹쌀 등을 섬에서는 바닷물로 씻어 지은 오곡밥과 묵은 해산물과 묵은 나물을 반찬으로 먹고, 귀가 밝아지라는 의미로 차가운 청주를 '귀밝이술'이라 하며 마시고, 동트기 전 부럼을 껍질째로 깨물어 "부럼이요" 하며 무사태평기원과 종기 · 부스럼액막이와 솔가지를 꺾어다 초가 위에 "물러가라" 소리치며 던지는 지네 · 사네기 등 '해충막이' 하는 '양력 2월 19~20일경 중기'다.

'경칩(驚蟄)'에는 '삼라만상이 겨울잠을 깬다'고 하며 삼치, 고등어, 우럭 철로 개구리가 겨울잠에서 깨어나 '폴딱' 뛰어다녀 흙을 다루면 탈 없고 좋은날로 흙벽 바르기와 토담 쌓기 등을 끝내고, 날밤을 세워 술 대신 달래와 냉이 반찬과 북어포에 고로쇠 수액을 1인당 1말씩 배터지게 마셔 똥창시를 세척 및 뼈의 칼슘덩어리를 보충하고, 보릿고개 보양식으로 개구리와 도룡뇽 알을 먹었다는 '양력 3월 5일경 절기'다.

또한, 연인들은 야밤에 남몰래 만나서 거시기하며 암수가 마주보아야 열매를 맺을 수 있는 은행나무 주위를 돌며 겨우내 보관한 은행열매꼬지를 나눠먹었다.

'춘분(春分)'은 '꽃샘추위에 설늙은이 얼어 죽는다.'는 '이십사절기의 넷째로' 낮밤의 길이 · 추위와 더위가 똑같아 송편처럼 만든 '크나큰 주먹 떡'을 아이들은 먹고 힘을 키워 무럭무럭 자라기를 바랐다.

어른들은 그와 반대로 '조그만 수저 떡'을 나이만큼 먹으며 세월을 줄이려 했으며, 농사를 시작하는 머슴들에게 한해의 농사를 부탁하며 '주먹 떡'을 종제기에 담아 나눠주어 '머슴 떡'이라고도 했다고 한다.

남쪽에서 제비가 오고 우레 소리가 처음 들리며 곡식을 축내는 새와 쥐새끼들을 쫓아버리려고 시커먼 무쇠솥뚜껑을 뒤집어 놓고 보리와 콩 등을 볶아서 '우두둑우두둑' 씹는 소리에 놀라 도망치게 하려고 호주머니에 넣고 다니며 수시로 '볶음'을 먹었다고 하는 '양력 3월 21일경 중기'다.

'청명(淸明)'에는 '부지깽이를 꽂아도 싹이 난다.'는 쑥개떡과 버무리, 도다리쑥국, 꽃화전, 취나물, 숙주나물, 찰밥 등 먹으며, 쟁기질하기 좋은 하늘이 맑아지는 '양력 4월 5~6일경 절기'다.

'곡우(穀雨)'에는 '가물면 땅이 석자 마른다.'고 하며 본격적인 농사철의 곡식을 뿌린다는 뜻으로 1004섬(천사의 섬) 흑산도 근처에서 월동을 끝낸 조구가 충남의 격렬비열도까지 올라와 이때에 황해에서 잡은 '곡우사'라는 조구는 살은 적지만 알은 임신 10개월로 조구의 고장 영광에서는 '한식사리, 입하사리' 때 잡은 조구보다 맛있다고 했다.

또한, 제철 조개류의 맛이 최고로 살로 부추 · 석화 전과 양념에 '팍팍' 각종나물과 주무른 회는 금상첨화. 성인병 걱정 없는 뽀얀 흰 살 해물들 조기, 병어, 대구, 민어, 보리숭어 등의 생선을 구이, 찜, 탕으로 영양보충 '우전차'를 마시며 건강관리하기 좋은 '양력 4월 5~6일경 절기'다.

두 번째 계절
태양도 싫지만 말 못하고 비지땀을 흘리는
"더위의 여름"

'씨나락 몰린다.'는 '입하(立夏)는 이십사절기의 일곱째'로 도서지방에서는 숭어와 바다고동 들과 갯벌의 숫꽃게 등 갑각류와 낙지연포탕과 탕탕이를 즐기며 쑥버무리로 입맛을 돋우며 입하차를 마시며 먼 산을 바라보니, 개구리가 짝짓기하려고 울기 시작하는 보릿고개의 '양력 5월 6일 무렵 절기'다.

'추위에 소 대가리 터진다.'는 '소만(小滿)'은 만물이 생장하는 여름의 문턱으로 모내기준비와 보리 베기, 김 메기 등 농사일이 바빠지는 때로 죽순나물에 탁배기가 생각나는 '양력 5월 21일 무렵 중기'다.

'보리는 망종 전에 베라.'는 '망종(亡終)'은 더위와 설사에 효능이 좋은 풋보리를 구워먹는 '서포리'와 소화에 좋은 감자, 배앓이와 식욕에 좋은 매실, 폐건강과 기침, 갈증해소에 좋은 오미자 등을 먹는 만물이 생장하는 여름의 문턱 '양력 6월 6일 무렵 절기'다.

'오전에 심은 모와 오후에 심은 모가 다르다.'는 '하지(夏至)'는 14시간 35분으로 낮의 가장 긴 배고픔에 하지감자를 보리타작 발동기 냉각수통에서 삶아먹고, 참외서리를 하고 싶어 하는 장마가 시작되는 철로 옥수수씨앗을 뿌리고 연한마늘과 쫑과 산약초 등으로 장아찌를 담구면 좋은

1년 중 가장 바쁜 시기로 '만만한 게 홍어 좆'이라고 불리는 '홍탁삼합'을 즐기며 농삿일하는 '양력 6월 22일 무렵 중기'다.

'새 각시도 모를 심는다.'는 '소서(小暑)는 이십사절기의 열한째로' 과일과 채소가 많이 나며 본격적인 더위가 시작되는 밀과 보리와 동부 콩, 메밀, 오이, 열무 등을 넣은 국수, 수제비에 도라지무침과 갈치철로 회와 조림은 입안에서 '살살' 녹는 '양력 7월 5일 무렵 절기'다.

'염소 뿔도 녹는다.'는 '대서(大暑)'는 바캉스 철로 휴가가 시작되며 수박, 참외, 밀가루음식과 시원한 음료가 당기고, '자빠져 누운 소도 벌떡 일어난다.'는 낙지의 연포탕과 단백질이 풍부하고 성인병이 없는 흰 살 생선들 농어, 우럭, 갯장어, 아귀, 민어의 탕을 끓여서 한 사발씩 마셔대면 '이열치열'에 질린 삼복이 식은땀을 '줄줄' 흘리는 '양력 7월 23일 무렵 중기'다.

세 번째 계절
눈코 입맛 멋이 즐거워 시인의 노래가 끊이지 않는 "풍요의 계절, 가을"

'입추(立秋)'에 '벼 자라는 소리에 개가 짖는다.'는 '이십사절기 중 열셋째'로 제첩국 먹고 황톳길 코스모스를 구경하기 좋은 가을의 서막으로 김장배추, 무 등 김장채소를 심어야 한다.

여성 닮은 전복, 요강을 깨뜨리는 남성용 복분자, 다산의 상징 포도, 해외에서 시집온 블루벨리 맛이 으뜸이고 도서지방에서는 식이섬유 덩어리 뜸부기 · 모자반 · 파래 등의 무침과 된장국으로 속풀이 하고, 옥수수 하모니카 불기에 좋은 '양력 8월 8~9일경 절기'다.

'처서(處暑)'에 '모기 입이 비뚤어진다.'고 하여 단백질과 불포화지방산과 칼슘 등 영양덩어리 '추어탕'의 반찬으로 오이무침, 겉절이, 소박이, 냉국을 먹고 나서 후식은 복숭아를 껍질째로 먹으면 담배 니코틴 제거 목구멍청소에 딱 좋은 '양력 9월 23일경 중기'이다.

'백로(白露)'는 시기에 따라 '칠월 백로에 패지 않는 벼는 못 먹어도 팔월 백로에 패지 않는 벼는 먹는다.'고 하며 벌초를 하고나서 송이버섯과 녹두를 이용한 청포묵과 빈대떡을 무쳐 먹고, 첫 포도를 수확하면 사당에 먼저 고한 후 맏며느리가 한 송이 통째로 먹고, 해마다 임신 포도송이처럼 많은 자식을 낳아 집안이 번성한다는 '복숭아 백로

포도'라는 추석까지를 '포도 순절'의 '양력 9월 23일경 중기'다.

'추분(秋分)'에 '우레 소리 멈추고 벌레가 숨는다.'는 '이십사절기의 열여섯째'로 낮과 밤 덩치가 똑 같은 임을 기다리며 1년 36일 날밤 새운 상사화 피를 토하는 철로 향과 맛이 좋고 비타민D가 풍부한 버섯과 비타민A·C와 베타카로틴이 풍부해 당뇨병과 피부미용에 좋은 호박말랭이, 항암작용, 피부미용, 건강, 면역력 강화와 빈혈·감기·노화·변비·식중독 예방에 좋은 깻잎과 식이섬유가 풍부해 소화와 치질 및 변비 해소 등에 도움을 주는 고구마 순과 사랑을 위해 묵나물을 데치고 볶아놓고 긴팔을 준비해두고 멸치와 전어를 구워서 밥상 차려놓고 기다리는 '양력 9월 23일경 중기'다.

'한로(寒露)'에 '제비가 강남으로 간다.'는 '본초강목(本草綱目)'에 언급한 '미꾸라지는 양기를 돋우는 데 좋은 「가을고기」'라 하는 추어탕과 고구마, 대추로 뱃속을 채운 뒤 밤을 찢어버린 부부가 암꽃게탕으로 아침을 즐긴 뒤 지친 기색도 없이 새벽부터 찬이슬 맺힌 곡식을 거둬들여야 하는 '양력 10월 8~9일경 절기'다.

'상강(霜降)'에는 '가을에 부지깽이도 덤빈다.'고 하며 단풍잎에 이슬을 따다 국화꽃을 띄운 국화주에 국화전을 먹고 숙취는 홍시로 해소시키고 배와 유자, 석류, 잣 등 제철과일들을 한가득 싸들고 절정인 가을 단풍 나들이에 포장마차에서 꿀물 화채를 사먹으며 유람을 하면 천상천하에 기쁨과 행복 최고로 보리를 파종시기로 바다역시 온갖 수산물들이 넘쳐나 '집나간 며느리도 돌아온다.'는 전어는 참깨가 3말. 대하, 넙치와 서대와 간재미, 오징어, 소라, 고등어, 갈치 회와 구이와 꽃게탕 맛이 일품이라는 '양력 10월 24일경 중기'다.

네 번째 계절
설경왕국 지배자 천상천하 계절여왕
"백의의 천사, 겨울"

'보리씨에 흙먼지만 날려주라.'는 '입동(立冬)'은 동네청년들을 논 물꼬 파 미꾸라지를 잡아다 무시시래기추어탕 끓여서 '치계미'란 경로잔치를 하였으며 1004섬에서는 갯벌 삽과 팔로 펄을 쑤셔 파서 잡은 1m 크기의 대가리가 주먹보다 큰 낙지·문저리·서대·멸치·상어지느러미 등의 회와 탕과 가사리묵을 쑤어서 나누어 먹는 '모실 잔치'를 하는 '김장철로 겨울채비를 하고, 귀신을 막는다는 시루떡에 붙은 '붉은 팥'을 먹으며 소나무장작을 패면서, 까치밥을 훔쳐보는 '양력 11월 7~8일 무렵 절기'다.

'초순에 홑바지가 하순에 솜바지로 가뀐다'는 '소설(小雪)'은 이십사절기의 스무째로 목화를 따서 '월동준비'를 하는 첫눈이 내리 때로 뜸부기, 파래, 감퇴, 김, 시래기, 무시말랭이, 호박말랭이와 비타민C 덩어리의 귤과 톡 쏘는 감칠맛의 갓김치와 도토리묵의 밥과 전과 꼬막을 먹으며, 귀신이야기 소설이나 한편 써볼까? 하는 '양력 11월 22~23일 무렵 중기'다.

'눈은 보리의 이불이다.'는 '대설(大雪)'은 장설(壯雪)의 다반사로 길이 막혀 왕래가 뜸한 '농한기'로 농사일로 지친 심신과 피로회복을 위하여 귤과 곶감 귤껍질차를 즐겼으며 야식으로 동치미에 고구마로 구전 찬치를 하고, 눈사람을 만들다 눈싸움하기 좋은 '양력 12월 7일 무렵 절기'다.

'동지 때 개 딸기.'라는 '동지(冬至)'는 '아세 또는 작은 설'라 하여 백성들은 동지팥죽을 궁중에서는 타락죽을 즐기며, 동지나이를 먹는 다는 '양력 12월 22~23일 무렵 중기'다.

'대한이 소한에게 놀러 왔다가 얼어 죽었다.'는 '소한(小寒)은 이십사절기 중 스물셋째'로 면역력 보호와 따뜻한 기운을 돌게 하는 음식들로 신진대사를 높여주고 피를 맑게 하는 생강과 독소배출하고 체온을 상승시키고 살균 및 항균 작용하는 마늘과 따뜻한 성질의 부추음식을 먹고, 별미로는 망둥어·낙지·갯장어구이와 찜에 청주 등 따뜻한 술을 즐기는 '양력 1월 6일 무렵 절기'다.

'군밤 맛하고 샛서방 맛은 절대로 못 잊는다.'는 '대한(大寒)'은 이십사절기 중 마지막 절후로 '밭에서 나는 인삼 겨울 무는 산삼과 바꾸지 않는다.'는 시래기 국에 찰밥을 먹고, 아랫목에 엎어져 녹두전과 김치, 동치미와 온돌방 윗목 '대두통'에 저장한 고구마를 한 바가지씩 꺼내 삶아서 먹으며 방귀를 '뽕뽕' 즐기는 '양력 1월 20일 무렵 중기'다.

천사의 섬 중 조그만 낙도 치섬에서는 태양이 군불 연기에 실려 석양의 노을이 되는 해질녘 수백만평 갯벌에 주낙을 놓아두면 수천마리씩 걸리는 문저리와 덤으로 잡히는 숭어·장대·서대·박대·갯장어·낙자 등의 생선들과 겨울철 석화 구이와 회, 탕으로 끓여 먹었다.

'입추부터 대한까지 1년 12달' 소금에 절이고 말린 생선들은 겨울철에 '아궁이석쇠구이, 떡시루 찜, 가마솥뚜껑 전'을 붙어 '대청마루에 숨겨' 두고 고양이 몰래 "야금야금" 먹었다.

겨울철 별미를 즐기며 곰방대 할메 귀신이야기를 듣다 솜이불에 들어가 몰래 잠자다 혹부리도깨비에게 들킨 「세계지도 오줌행위예술가」 계절변화를 정확히 알기 위하여 절기를 정해 놓고 농사의 일정과 건강을 챙기며 자연과 시류의 풍류를 즐기셨던 '선대조상님들께 큰절'을 올리고…….

개떡 같은 현실 '1달에 2번 1년에 24번 정도는 민속의 맛과 멋의 향기를 좇아서' 발품을 팔아 삼천리방방곡곡 선조들의 풍류를 군것질 해볼까? 싶어 가슴이 척척하다.

어느 날 쏟아진 글씨들

김평배 지음

발 행 처 · 도서출판 **청어**
발 행 인 · 이영철
영 업 · 이동호
홍 보 · 천성래
기 획 · 남기환
편 집 · 방세화
디 자 인 · 이수빈 | 김영은
제작이사 · 공병한
인 쇄 · 두리터

등 록 · 1999년 5월 3일
(제321-3210000251001999000063호)

1판 1쇄 발행 · 2021년 10월 10일

주소 · 서울특별시 서초구 남부순환로 364길 8-15 동일빌딩 2층
대표전화 · 02-586-0477
팩시밀리 · 0303-0942-0478

홈페이지 · www.chungeobook.com
E-mail · ppi20@hanmail.net
ISBN · 979-11-5860-979-5(03810)